J'ai **UN LION** À LA MAISON !

Claude Prothée • Anne Wilsdorf

J'Ai UN LiON À LA MAiSON !

bayard jeunesse

C'est arrivé comme ça :
j'étais sorti un instant pour récupérer
mon courrier dans la boîte aux lettres
et, quand je suis revenu,
il était là, dans le salon.

– Alors, m'a-t-il dit, les nouvelles sont bonnes ?
Il était installé dans mon fauteuil préféré.
J'étais si étonné que je n'ai pu m'empêcher
de lui demander :
– Mais… ? Que faites-vous là ?
– Tu le vois, Julien (Julien, c'est mon prénom),
je suis assis près de la table…
Puis il a repris : – … table hélas bien dégarnie,
car je ne te cache pas que j'ai une faim de…

– … de loup? ai-je ajouté.
– Non, une faim de lion!
En disant cela, il a agité sa crinière
et il m'a regardé d'une drôle de façon.
Je me suis empressé de lui dire :
– Attendez ! Je reviens tout de suite!

J'ai couru chez monsieur Tripoux, le boucher.

Il m'a demandé : – Que désirez-vous, monsieur Julien ?

Un petit steak haché comme d'habitude ?

J'ai approuvé d'un signe de tête :

– Oui… et vous ajouterez aussi un gros gigot,

quelques kilos de jambon,

et puis aussi ces chapelets de saucisses, là…

Cela a drôlement étonné monsieur Tripoux,

qui s'est exclamé avec admiration :

– Eh bien, quel appétit, monsieur Julien !

Moi, je me suis dépêché de filer à la maison.

J'étais à peine rentré que, déjà,
toutes mes courses étaient avalées.
– Ouf, ça va mieux !
m'a dit le lion en se curant les dents.
Puis, il m'a serré chaleureusement la main
en ajoutant : – Julien, tu es un vrai copain.
Au fait, appelle-moi Sultan, c'est mon prénom.

Le lion et moi, on s'est vite bien entendus.
Il y avait une chambre d'ami dans la maison,
et Sultan s'y est installé.
Je lui ai prêté une paire de pantoufles
et une vieille robe de chambre.
Naturellement, dans la journée,
j'allais au bureau comme d'habitude
et, pendant ce temps,
Sultan restait à la maison.

Celle qui a été un peu étonnée au début,
c'est madame Plumeau, la femme de ménage.
Elle trouvait que j'avais de drôles d'amis !
Mais, comme Sultan se comportait
en parfait lion au foyer,
madame Plumeau
y trouva vite son compte :
Sultan faisait la vaisselle
et il passait l'aspirateur
sur les tapis.

Bref, quand elle arrivait,
madame Plumeau n'avait presque plus rien à faire.
Du coup, elle passait son temps à lire l'avenir
dans les lignes de la patte du lion,
et il adorait ça.

Cependant, quand le soleil rougeoyait à l'horizon,
Sultan se souvenait de sa lointaine savane.
Le soir venu, il ne pouvait s'empêcher
de pousser quelques rugissements.
Ces bruits bizarres inquiétaient fort
madame Le Greffier, ma voisine.
J'ai dû lui expliquer, en faisant semblant
de tousser, que c'était moi
qui avais un chat dans la gorge.
– Un gros chat alors,
m'a répondu madame Le Greffier.
Vous devriez consulter un médecin.

Un jour, les frères Filoux,
qui sont de célèbres brigands,
ont tenté de cambrioler ma maison.
Moi, j'étais au bureau, mais Sultan les a entendus.
Il est sorti brusquement de sa chambre,
et un seul rugissement a suffi
pour que les trois brigands, terrorisés,
courent se réfugier au commissariat du quartier.

Quand je suis rentré chez moi,
le commissaire en personne m'a félicité :
– Vous vous êtes défendu comme un lion.
J'ai dû faire enfermer les frères Filoux
dans une maison de fous : ils prétendaient
que vous vous étiez transformé en fauve !
La nouvelle de mon exploit s'est répandue
dans la ville. On me regardait maintenant
avec admiration, mais aussi avec un peu
de crainte. On me trouvait changé.
Monsieur Tripoux, le boucher,
prétendait que c'était à cause
des bons steaks qu'il me vendait
en abondance.

Notre vie aurait pu se poursuivre longtemps ainsi.
Mais, un soir, en rentrant du bureau,
j'ai trouvé madame Plumeau en pleurs.
– Je l'avais prédit !
a-t-elle dit en me tendant la lettre
que Sultan avait laissée avant de partir.

Désolé, Julien,
mais je rentre chez moi.
Ma savane me manque trop.
Merci pour tout, mon copain !
Je t'enverrai des cartes postales.

Sultan

Sultan a tenu parole.
Depuis, nous nous écrivons régulièrement.

C'est encore un secret, mais,
aux prochaines vacances,
je compte aller visiter sa savane.
Il se peut donc qu'un beau matin,
Sultan me trouve sur sa terrasse,
installé dans son grand fauteuil à bascule.

– Alors Sultan, lui dirai-je malicieusement,
les nouvelles sont bonnes?

ISBN : 978-2-7470-4397-7
© Bayard Éditions 2013
18 rue Barbès – 92128 Montrouge Cedex
Texte de Claude Prothée
Illustrations de Anne Wilsdorf
Dépôt légal : mai 2013
Imprimé en France par Pollina s.a. 85400 Luçon – L63178C
Loi 49-956 du 16 juillet 1949 sur les publications destinées à la jeunesse

Dans la collection
Les Belles HISTOIRES

Anne-Laure Bondoux
Roser Capdevila

Catherine de Lasa
Carme Solé Vendrell

Carl Norac
Claude Cachin

Jacqueline Cohen
Bernadette Després

Marie-Hélène Delval
Pierre Denieuil

Mildred Pitts Walter
Claude et Denise Millet

Alain Korkos
Kristien Aertssen

Véronique Caylou
David Parkins

Marie-Agnès Gaudrat
Colette Camil

René Gouichoux
Éric Gasté

Marie-Agnès Gaudrat
David Parkins

Claire Clément
Carme Solé Vendrell

Hélène Leroy
Éric Gasté

Jo Hoestland
Claude et Denise Millet

Alain Chiche
Anne Wilsdorf

Youri Vinitchouk
Kost Lavro

Eglal Errera
Giulia Orecchia

Josiane Strelczyk
Serge Bloch

Anne Leviel
Martin Matje

Kidi Bebey
Anne Wilsdorf

Marie-Hélène Delval
Ulises Wensell

René Escudié
Claude et Denise Millet

Thomas Scotto
Jean-François Martin

Myriam Canolle
Colette Camil

Barbro Lindgren
Ulises Wensell

Marie-Agnès Gaudrat
Colette Camil

Michel Amelin
Ulises Wensell

Emilie Soleil
Christel Rönns

Claire Clément
Jean-François Martin

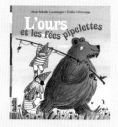

Anne-Isabelle Lacassagne
Emilio Urberuaga

Claude Prothée
Didier Balicevic

Françoise Moreau-Dubois
David Parkins

Anne-Marie Abitan
Ulises Wensell

Kidi Bebey
Anne Wilsdorf

Gwendoline Raisson
Anne Wilsdorf

Thierry Jallet
Sibylle Delacroix

Gigi Bigot
Ulises Wensell

Agnès Bertron
Axel Scheffler

Marie-Hélène Delval
Ulises Wensell

Catharina Valckx

Pascale Chénel
Britta Teckentrup

René Escudé
Ulises Wensell

Claude Prothée
Anne Wilsdorf

Marie Bataille
Ulises Wensell

Anne Mirman
Éric Gasté